CRI D'INDIGN[ATION]

COMPLAINTE HUMANITAIRE

par J. JOURNET, disciple de

FOURIER.

> ...eau, mais bons,
>   FOURIER,
>
> Quoiqu'il en soit, moi, pauvre apôtre,
> j'ai décidé dans ma sagesse de pousser de
> tels cris, que malgré tout il seront enten-
> dus de vous, et vos entrailles en seront émues
> (s'il vous reste encore des entrailles).
>   *Cri imprimé.*

Prix : 50 cent.

PARIS

SEPTEMBRE 1846.

Chez CHARPENTIER, Palais-Royal ;
PAUL MASGANA, galerie de l'Odéon ;
L'AUTEUR, rue du Petit-Bourbon, 10.

CRI D'INDIGNATION,

COMPLAINTE HUMANITAIRE;

Par J. JOURNET, disciple de

FOURIER,

> Peu, mais bons.
> FOURIER.

> Quoi qu'il en soit, moi, pauvre apôtre,
> j'ai décidé dans ma sagesse de pousser de
> tels cris, que malgré tout ils seront enten-
> dus de vous, et vos entrailles en seront émues
> (s'il vous reste encore des entrailles).
> *Cri suprême.*

Prix : 50 cent.

PARIS,

SEPTEMBRE 1846.

Chez CHARPENTIER, Palais-Royal;

PAUL MASGANA, galerie de l'Odéon;

L'AUTEUR, rue du Petit-Bourbon, 16.

OUVRAGES DU MÊME AUTEUR.

Cris et Soupirs (épuisé).
Résurrection sociale universelle (épuisé).
La Bonne nouvelle (épuisé).
Jérémie.   4 fr. »
Cri suprême.   » 50 c.

AUX

FAINÉANTS.

Et vous, lâches et criminels, disciples gangrénés, vous qui dans l'abondance, dans les plaisirs, au sein d'une voluptueuse somnolence, jouez à la résurrection sociale; vous qui attendez patiemment et confortablement le jour où doit poindre l'aurore de l'universelle félicité, — mon cri va vous réveiller en sursaut; vous vous lèverez irrités, avec la disposition de blâmer, de juger, de condamner, — que sais-je?

Mais avant de prononcer la sentence, allez, je vous en supplie, allez visiter les chaumières et les masures, les prisons et les cachots, les ateliers et les bagnes; frappez, écoutez, observez; informez-vous auprès des enfants et des vieillards, des mères et des filles de douleur, des ouvriers et des réfractaires ; questionnez les prisonniers, les esclaves, les suppliciés ; demandez à tout ce qui souffre et languit ; à tout ce qui doute et espère ; demandez à trente mille victimes humaines qui succombent tous les jours, demandez à chacun et à tous, demandez-leur si la correction est trop forte , si la vérité est trop crue. Non, non, j'ai attendu longtemps, bien longtemps, trop longtemps peut-être ! — Trente mille individus succombent tous les jours assassinés par l'imbécillité des uns, par la lâcheté des autres, par la scélératesse de tous ! — Arrière, arrière les civilisés de toutes les couleurs ! — Gloire, reconnaissance aux hommes de bonne volonté ! — Les temps sont venus, — en marche !

CRI D'INDIGNATION.

COMPLAINTE.

—

> Jugez l'arbre à son fruit,
> Défiez-vous des loups
> Déguisés en brebis.
>
> Jésus.

> J'ai assisté à tant de tripotages scandaleux, j'ai vu tant d'audace et tant de faiblesse, tant de puérilités et tant de roueries, en un mot, j'ai vu s'accomplir tant d'iniquités, que je n'ai pas pu contenir plus longtemps mon indignation. — Faux frères, il faut mourir!
>
> L'Apôtre.

Enivré d'absinthe et de fiel,
Folle ou sainte démence,
Faut-il accepter le cartel
Et rompre le silence?
Le démon est fort et rusé;
A grand mal grand remède,
Quand le désespoir est usé
La rage lui succède.

Les triomphes ou les revers
Ne guident point mon âme,
Et que m'importe du pervers
La louange ou le blâme!

Quand Dieu le veut, qu'ai-je à savoir
Si la tâche est immense :
S'agit-il d'un sacré devoir,
Malheur à qui balance !

Dans un irrésistible élan,
Transporté de colère,
Faut-il accomplir en jouant,
Un triste ministère !...
Du gouffre où je vais me plonger
Surgira l'évidence ;
J'aurai la force de juger
Une étrange imprudence.

Tant d'impunité m'enhardit,
Tant d'audace m'enivre ;
Pour remplir ce devoir maudit
Quelqu'un veut-il me suivre ?
Vous hommes fermes, esprits droits,
Oh, natures d'élite !
Il est temps de mettre aux abois
Une secte hypocrite.

———

Seigneur X..... X............,
Fameux sociétaire,
Tu remplis avec dévoûment
Ton rôle humanitaire,

Mais tout doit avoir une fin,
Même la comédie,
Qui peut coûter au genre humain
Et la bourse et la vie.

Tonne sur les rois fainéants
O patriarche insigne !
Et va couler de doux moments
A pêcher à la ligne ;
Le soir au café renommé
Le jeu d'échecs t'attire,
Et puis le cigare allumé,
Tu nargues le martyre.

Eunuque, et pacha tour-à-tour,
Facile, inabordable,
Tantôt aveugle, tantôt sourd,
Toujours inextricable ;
Cauchemar de l'humanité,
Ta foi problématique
Fait du temple de l'unité
Une affreuse boutique.

Imitant le sage romain
Qui rit du cataclysme,
Tu ris aussi du genre humain
Rongé de paupérisme !
Foin de la peine et du souci,
Six mille francs de rente

Font mon *minimum*, Dieu merci :
Et l'on s'impatiente !!

Sans logique sans dignité,
A l'instar d'un vieux traître,
Pour t'ensevelir député
Tu renias ton maître ;
Mais nul signe de repentir
N'expia cette faute,
Et pour égarer l'avenir
Tu poursuis ta marotte.

Petit Poucet harmonien
Trafiquant journaliste,
Quoi, tu connais la loi du bien
Et ton âme résiste !
Et tu te perds en vains débats
Sans profit, ni sans gloire !
Lève-toi, que de vrais combats
T'assurent la victoire.

As-tu le droit de reculer
Le salut de tes frères?
Fuis, si tu crains de t'acculer,
Fuis, si tu désespères.
D'une flagrante nullité
Évite-nous l'exemple :
Redoute la postérité,
Le monde te contemple !

Écoute, un bruit accusateur
Qui jadis prit naissance
De ton sort sombre avant-coureur
S'agrandit et s'avance :
Hâte-toi ! qu'un sublime appel
Conjure encor ta perte ;
Et dans ce moment solennel
Jette le cri d'alerte !

Alors de tous les continents,
De tous rangs, de tout âge,
Se dresseront des combattants
Embrasés de courage.
Arbore le Saint Étendard,
Revets la sainte armure,
Entonne le chant du départ
Et la victoire est sûre.

Tends les bras à l'humanité
Que l'infortune obsède,
Produis la loi de vérité,
Applique le remède !.....
Que je suis bon de te prêcher ;
Les maux de ton semblable
Ont-ils jamais pu te toucher,
Simpliste imperméable ?

Dictateur d'un flasque journal,
Capitaine émérite,

Commis au conseil général,
Candidat néophyte ;
Hiérophante industriel,
Poursuis à la sourdine
Les biens de la terre et du ciel,
La gloire et la cuisine.

Il en est temps, prends ton parti,
C'est trop payer d'audace ;
Le siècle qui t'a pressenti,
Te repousse et te chasse.
A régner est-on appelé
Sur la cause divine,
Quand on a le cerveau fêlé
Et creuse la poitrine ?

—

Et vous satrapes du Soudan,
Faquirs de la puissance,
Si vous partagez son divan,
Partagez sa sentence...
Vous ne serez pas négligés
Dans ce moment d'orgie,
Vous vous retirerez gorgés
Et la face rougie!...

Où diantre a-t-on pu raccoler
Cette race féline ?

Quels marais a vu pulluler
Ces magots de la Chine ?
D'une piètre célébrité
Vous souillez nos archives ;
Fruits pourris d'un arbre empesté ,
Natures subversives.

Faux pasteurs d'un troupeau galeux ,
Renards aux cents besaces ,
Dans un terrier noir, tortueux ,
Peut-on suivre vos traces?
Le mensonge est votre métier,
La clarté vous insurge,
Et vous noyez dans un bourbier
Les moutons de Panurge.

Allez, faites votre devoir,
Aigrefins politiques,
Flanquez, bourrez votre savoir
D'élans patriotiques :
Célébrez la fraternité,
Montez sur des échasses ;
Hélas ! tout n'est que vanité,
Y compris les grimaces.

Vous vous prenez au sérieux,
Traînards de la famille,
Et vous jouez aux demi-dieux,
Judas de pacotille.

Saint X.... bedeau sempiternel,
Prodiguez l'eau bénite ;
Priez pour nous, saint X........
Hermite, bon hermite.

Exploitez l'argot patelin,
Près de la gent crédule :
Dans un filandreux bulletin
Dorez-nous la pilule.
Mitonnez vos coups de Jarnac,
Réchauffez la parade :
Rien dans les mains, rien dans le sac,
Allez, partez, muscade.

Comme des augures trompeurs,
Vous vivez de mystères ;
Vous trafiquez de vos faveurs
En habiles compères.
Vous tremblez qu'un flambeau maudit
N'éclaire l'antre sombre ;
Comme les filles de la nuit,
Vous tripotez dans l'ombre.

Pour consolider vos méfaits
Vous armez vos esclaves ;
Afin d'engluer les niais,
Vous opprimez les braves ;
Baal dirige votre foi,
Promoteurs d'antiquailles,

Oracles impurs de la loi,
Lévites sans entrailles.

Enthousiastes de salon,
Apôtres aux gants jaunes,
A la table d'un Salomon
Vous bredouillez vos prônes ;
Alors, courageux à propos,
A l'aimable voisine,
Entre la poire et les gâteaux
Vous prêchez la doctrine.

Grands prophètes municipaux,
Gens machiavéliques,
Vous conviez à vos tréteaux
Les pantins politiques ;
Sacriléges insidieux,
Vous vous riez des hommes ; —
Ouvrons ! ouvrons ! ouvrons les yeux,
Criminels que nous sommes !!

Oh ! civilisés mal blanchis,
Qui formons le cortége,
Allons, débrouillons le gâchis
En dévoilant le piége.
Que les forts soient aux premiers rangs ,
Et honte à qui recule,
Courons chasser ces charlatans
Comblés de ridicule......

Montrez, montrez-moi leurs efforts;
Dans l'arène sanglante,
Quels martyrs bravant mille morts
Disent leur foi brûlante?
Non, non, vains au superlatif,
Paltoquets rachitiques,
Votre remède lénitif
Nous donne des coliques.

Votre chapelle est un tripot,
Votre charité nulle,
Votre espérance est un vieux mot,
Votre foi ridicule;
Votre dévoûment s'est perdu,
Votre esprit se dérange,
Votre cœur est d'acier fondu,
Et votre âme est de fange.

———

Mon Dieu! nul ne se lèvera
En face des infâmes :
Nul groupe ne protestera
Pour déjouer leurs trames!
Dans un affreux morcellement
Ils ont plongé l'école,
Et guerre, anathème au manant
Qui conçoit un beau rôle !!

Et l'enfant est abandonné,
Et la vierge est flétrie,
Et le travailleur condamné,
Et le mendiant prie.....
Et les riches n'ont point de cœur,
Et les juifs nous dépouillent,
Et nos élus sont sans pudeur,
Et nos prêtres bredouillent!

Et la duplicité s'étend,
Et tout se prostitue,
Et le conspirateur attend,
Et l'ouvrier se tue. —
Et le fanatique mugit,
Et le démon le presse,
Et le régicide surgit!.
Et l'échafaud se dresse!!

Et l'anarchiste s'applaudit,
Et le canon gouverne,
Et le carnage s'agrandit,
Et l'homme se prosterne;
Et le mal étend son pouvoir,
Et les nations croulent!
Et tout est honte et désespoir!!
Et les temps se déroulent!!!

Au nom de la terre et du ciel,
Au nom de la science,

Oh ! siècle absurde et criminel,
Reviens de ta démence !
Jette les yeux sur l'avenir ;
Une ardeur délirante
T'embrasera pour soutenir
La horde militante.

Volons conjurer le destin :
Qu'un torrent nous entraîne ;
Le fer, le feu, l'acide en main,
Extirpons la gangrène.
Tout est facile aux cœurs fervents ;
En marche, l'avant-garde,
Quand Fourier guide ses enfants,
Le Seigneur les regarde.

Et comme un Titan fabuleux
Que le volcan soulève,
Dans mon essort impétueux,
J'ai ressaisi mon glaive ;....
Alors pénétrant sans retour,
Dans l'étable putride,
Seul, j'accomplis en un seul jour
Le grand travail d'Alcide.

Paris. — Imp. de Lacour, rue St-Hyacinthe-St-Michel, 33.

[illegible]

DÉBATS DU BIEN PUBLIC

OUVRAGES DU MÊME AUTEUR.

Cris et Soupirs (épuisé).
Résurrection sociale universelle (épuisé).
La Bonne nouvelle (épuisé).
Jérémie. 1 fr. »
Cri suprême. 50 c.

Imprimerie de Lacour et Cie, rue St-Hyacinthe-St-Michel, 33.

9 782329 266343